KB140401

기억은 볼 수 없어서 슬프다

사이펀 현대시인선 ⑳

기억은 볼 수 없어서 슬프다

이월춘 시집

도서출판
작가마을

다시 겨울이 왔다 간다.
펄럭이는 오색 깃발 아래 만선의 꿈 키운 적 없지만
말하고 글을 쓸 수 있는 자유에 감사하고
감히 무심필법無心筆法을 동경한다.

요즘은 대낮에 별을 본다.
그만큼 마음이 어둡다는 것이겠지만
지금껏 그랬듯이 다문다문 걸어가야겠다.

시에 대한 막무가내를 어쩌지 못한다.
서로 그리워하는 만큼 가까워진다.

2024년 새해를 맞으며

이월춘 시집

· **차례**

기억은 볼 수 없어서 슬프다

사
이
펀
현
대
시
인
선
⑳

2부

041 · 십전대보탕
042 · 귀찮음에 대하여
043 · 마스크 소통
044 · 당뇨병 시인
045 · 누가 내 삶을 짊어질 수 있나
046 · 기댄다는 것에 대하여
047 · 가브리엘의 오보에
048 · 서른
050 · 선착순 달리기
052 · 세상은 가난이 증명하라 하고
053 · 어느 장례지도사의 말
054 · 시가 시시해졌다
055 · 사마천이 만난 빈집
056 · 정선에서
058 · 어떤 통화
059 · 사이
060 · 어떤 적선
061 · 탁구
062 · 죽집에서

siphon

이월춘 시집

· **차례**

기억은 볼 수 없어서 슬프다

사 이 펀 현 대 시 인 선 ⓴

4부

085 · 하지
086 · 삼월 삼짇날
087 · 햇살 아래 답청 가세
088 · 라면 먹고 갈래요
089 · 너라는 꽃
090 · 루이비통 반지갑
091 · 무엇은 무엇이다
092 · 쌍계차를 달이다
093 · 겨울 아침 커피를 마신다
094 · 위대한 발명
095 · 저무는 아버지의 가을
096 · 한 발의 화살
097 · 날개와 품개
098 · 석양의 만찬
099 · 지금 재미있게 놀자
100 · 김치찌개
101 · 가을이 왔다
102 · 가장 어려운 시
103 · 고향
104 · 본전치기

105 · **해설 |** 마음의 공복空腹을 나는 새 / 박대현(문학평론가)

siphon

사이펀
현대시인선
20

기억은 볼 수
없어서 슬프다 이월춘

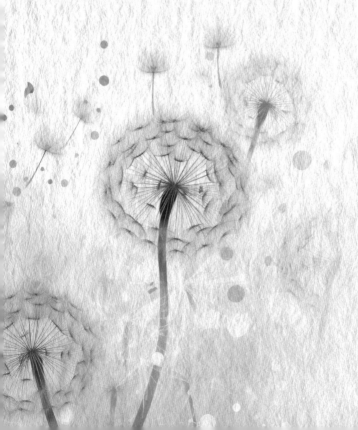

| 1부 |

자화상

재색명리財色名利를 좇은 적 없지만
재다신약財多身弱이 부자富者의 팔자라는데
돈도 없고 몸도 약하니
하늘이 내게 또 다른 심난함을 주었구나

동백꿀을 빠는 동박새 날개 아래
통영 장사도, 거제 지심도, 여수 오동도, 강진 백련사,
고창 선운사
동백꽃들은 망초처럼 얼굴을 쳐들지 않고 아래로 다소
곳이 벙글어
필 때 이미 질 것을 알고 열매를 위해 한 몸 기꺼이 던질
줄 안다

꽃 질 때 더 아름다운 저 생멸의 미학

유둣날

동류수두목욕東流水頭沐浴한다는 유둣날
메밀 유두流頭 국수 한 그릇 말아먹고서
텃밭의 붉은 토마토와 열대야쯤 제쳐두고
산청 함양 에돌아 산비알에 들면
어느새 나는 새대가리가 된다

둘레길 걸으며 입을 닫고 귀를 열며
마음의 공복空腹을 나는 새가 된다

세상의 만족과 행복은 오래 가지 않는다며
후두둑 길 위로 떨어진 눈물방울들
성가신 물것들도 오늘은 용서한다

지난겨울과 봄이 그랬듯이
올여름이라고 그냥 가시겠는가

별 보러 갈래

목련이 피어서 비가 오는가
비가 와서 목련이 피는가
목련의 열흘처럼
그대와 나의 사랑이 지는데

달이 참 좋지 했더니
술상을 내왔다
우주의 먼지인 그대와 나
보이저 1호 이야긴 하지 말자

달 옆의 목성과 토성을 본다
별은 마음이 어두운 사람에게
더 잘 보이는 법이라는 말
별똥별에게 보내버리고
설렁설렁 걸어서
저어기 별 보러 갈래

병아리꽃

보라색이 많지만
흰 꽃도 있고 노란 꽃도 있어요
뻣뻣해서는 볼 수 없어요
한껏 키를 낮추어야 보이지요
순진한 사랑이라 무시하지 마세요
산과 들에 지천이지만
관심이 없으면 봄이 아니지요
피었다 져도 봄은 오고 가지만
그대는 언제나 제비꽃을 피워요
사랑을 담아 놓고 가지요
울 아버지 산소에 가면
할미꽃만 아니고 병아리꽃도 피어서
무딘 내 감성의 옆구리를
툭툭 두드리고 가지요

묵은지

저녁 밥상에 김장 김치가 올라왔다
갓 버무린 저 날것의 풋내
저건 요리가 아니라 반찬일 뿐
누구와도 어울리는 친화력의 너른 품도 아니고
밥 한술에 소주 한 잔을 부르지도 않는다
메마른 그 눈썹에 시방 지리산은 눈 첩첩이겠다

묵은지 김치찌개의 곰삭은 정 나눔은 언감생심이라
고등어나 갈치조림의 새콤, 짭짤, 얼큰에 이르러
다진 마늘에 대파 썰어 넣고 한소끔 끓인다면
묵직하고 진한 식구들의 하루도 그저 따뜻할 터

묵어야만 빛이 나는 게 김치뿐이랴
고향 뒷산의 소나무도 그렇고
내가 오늘 만나고 온 그도 마찬가지라

문밖에 찬 바람 처마를 훑고 가도
뻘건 국물의 힘에 이마를 훔치면
너와 나는 얼마나 부드럽고 은은한 사람인가
그리하여 우리는 얼마나 글썽이는 사람인가

봄은 와야 한다

김영랑은 찬란했고 엘리엇은 잔인했던 이름
과하지도 덜하지도 않은 세상은 없나
부러우면, 모르면 지는 게 아니라
헐렁한 봄의 진격이 그리우면 정말 지는 것
못 살겠다 갈아보자 해서 갈아엎었더니
또 벚꽃은 저리 환장하도록 피고
갈아봤자 별수 없다면서
꽃잎만큼 배반의 싹이 자라는데
어쩌자고 또 봄이 오느냐고
마산 월영대月影臺 언덕 개나리가 묻는다
세상이 온통 뒤숭숭하고 수런거려도
노루귀 꽃대처럼 뭉근한 위로나
우아하게 북상하는 봄 꽃다발
그냥 받을 수가 없다
여전히 찬란한 슬픔의 봄이라지만
분명 오십 보와 백 보는 다르다고
맹자가 말했잖은가
그래도 봄은 와야 한다

사우디 박과 이 선생

내가 대학에 입학할 때
정유생 닭띠 동갑내기인
박 서방은 사우디로 날아갔다

모래사장 밀주 막걸리를 마시며
삼 년을 지진 그는 작은 공장 사장이 되었고
칠 년을 버틴 나는 시골 중학교 선생이 되었다

너나 가라 중동中東!
너나 가라 사대師大!

거룩한 말일수록 실천된 세상은 없었고
숭고한 사상일수록 사람 세상과 멀었다
밤이나 도토리처럼 우리도 보늬가 있을까

아무리 베이비부머라 천대해도
이 선생과 사우디 박
새가 양 날개로 날 듯
우리는 그렇게 살았고 살 것이다

국밥은 아름답다

나무 기둥과 수박과 민들레 씨는
둥글다
연어알도 사과도 동그랗다
사람도 그렇다
모가 난 삶도 있지만
국밥 그릇이 둥근 것처럼
모두의 존재 이유니까

명실名實이 상부相符해야
인간사가 편안해진다는데
세상이라는 낡은 책을 읽느라
스스로를 외면했던 시간이 아프다
슬픔과 함께 잘 살기를 바랄 뿐

이 사람아
돼지국밥 한 그릇 나누세

보리누름에 웅어회

이 사람아, 잔을 드시게
도다리나 광어처럼
일 년 내내 맛볼 수 있는 게 아니지 않나
보리밭을 지나 오뉴월 땡볕을 기다리며
딱 두어 달만 허락하는 구수한 비린내지
한 해의 절반으로 접어들며 풀물 드는 소 울음에
망종을 지났으니 강둑 아래 밀 서리 연기
곧 낙동강이 거대한 울음을 울 땔세
잔 파와 생마늘 썰어 뿌린 제법 큰 접시
성질 급하기론 한 이름하는 웅어 아닌가
추억의 초장 맛에 그 시절의 눈물 맛까지 더해
어여어여 한 잔 드시게
헌책 속의 메모 같은 흐린 사랑을 위해
삶의 두려움이 없었다면
세상에 대한 불안과 공포가 없었다면
깜부기와 방동사니에 된바람의 요리가 되었을까
오래도록 지우지 못했던 그늘
우리가 만들어 두고 떠났던 그늘 맛이 되었을까
이 사람아, 한 잔 드시게

막차와 막차 사이

막차 다음 차가 첫차다
막배 막장 막소주 막말 막노동 막가파까지
'막'자는 가슴을 먹먹하게 하지만
밤마다 막차를 되뇌면 첫차가 올까
첫차에서 막차 사이가 아니라
막차에서 막차 사이는 무슨 색일까
날마다 집으로 돌아오지만
내일은 첫차를 타야지

묻고 묻는다

녹음방초승화시綠陰芳草勝花時의 계절에
배롱나무 그늘 아래서
묻고 묻는다
나는 무엇인가
산다는 것은 무엇이고 죽는다는 것은 무엇인가
밥은 무엇이고 똥은 무엇인가
이 꽃은 무엇인가
저 나무는 무엇인가
고양이는 무엇이고
고래는 무엇인가
씨앗은 무엇이고 열매는 무엇인가
에이즈는 무엇이고
코로나는 무엇인가
암은 무엇이고
치매는 무엇인가
자존심은 무엇이고 자존감은 무엇인가
꼰대는 무엇이고 MZ는 무엇인가
수처작주隨處作主 입처개진立處皆眞한가
나는 내 삶의 주인인가

이발

대학 시험에 떨어진 스무 살
큰형님 가게 배달부로 일할 때
골목 담벼락에 짐 자전거 기대 놓고
진해에서 제법 비싼 이발관에 머리 깎으러 갔네
동네이발소에서 겉보리 서 말과 나락 두 말에
아버지와 사형제가 머리 깎아본 이후 처음이었네
연탄가스야 매한가지였지만 은은한 냄새의 수건들
깔끔한 일제 스테인리스 의자에 하얀 가운 입은 이발사들
들어서자마자 안내되어 자리에 앉아서는
말려 들어가는 목소리로 짧게 깎아 달라하고선
곧 목에 보자기를 두르고는 눈을 감았네
그런데 좀 있다 눈을 떠 거울을 보니
이발사가 아니라 머리 감겨주던 청년이었네
이건 아니지 돈이 얼만데 용기를 내 주인에게 말했네
미안하다며 이 사람도 잘 깎는다며
마음에 안 들면 이발비 안 받겠다고 했네
뿌리치고 나갈까 하다가 깎다 만 머리
어쩔 수가 없어서 그냥 깎았네
머리를 감고 말리며 거울을 보니
괜찮은 머스마가 씨익 웃고 있었네
괜찮네 괜찮아 계산을 하고 나오며

그냥 한번 돌아다보니 그가 씨익 웃었네
그는 아마 경상도 제일가는 이발사가 되었을 거네

순자

  – 영화 기생충과 미나리

예의 없는 사람들의 파멸에서 봉준호를 보고
편견 없는 사람들의 아름다움에서 윤여정을 보았다
서로를 등쳐 먹으며 불행의 언덕으로 가고
감정이 저절로 배어나는 얼굴로
고난의 숟가락을 마다하지 않는다
가난의 냄새는 진하디 진했지만
싱그러운 초록의 향은 상생의 미를 불렀다
기우와 기정의 이름에서 기생충의 야심을 보고
앤과 데이빗을 품은 순자에게서 미나리를 본다
아름다운 것들은 반드시 슬픔을 껴안고 있지
살면서 뼈 때리는 말 얼마나 했을까
나는 두문불출杜門不出하다가 두구불출杜口不出한다

싱글몰트위스키

만약 내 시가 한 잔의 위스키라면
그대는 무심코 탁 털어 넣지 마시라
새미 정장에 자줏빛 넥타이는 갖추시라
부드럽게 목 안으로 흘려 넣으면
거짓 없는 언어의 즉각적 여운
대체할 수 없는 맛과 향을 경배하라
분무기로 난초 잎에 풍미를 뿌릴 테니
단단하게 여민 마음의 옷자락을 푸시라
우거진 숲에 언제나 물이 흐르고
사시사철 따스한 미풍이 불지니
만약 내 시가 한 잔의 위스키라면
그대는 이제 언어의 참맛을 알게 되리라

외상의 부활

시대가 바뀌었지만
나는 외상과 가불을 좋아한다
베이비부머 세대의 헛헛한 추억이라
햄버거처럼 비난하지 말라
산업화 세대의 월급쟁이나
대공황 시절의 미국도 그랬다

월급날 누런 봉투를 받고
단골 술집에 외상을 갚는 날
고맙다며 답례 술상을 받고
다시 한 달의 외상술을 마셨지
집에 가서 마누리에게 봉투를 던져주던
그 당당함의 치기를 그대는 모르겠다

인공지능 기술의 디지털 세상이라
지금 사고 돈은 나중에 내라는
신용카드 시대 무이자 외상에
애프터페이가 한창이다
그런데 그게 없다 차갑다
세상은 돌고 돈다

기억은 볼 수 없어서 슬프다

곧 사라질 존재들은
아무르표범, 검은코뿔소, 보르네오오랑우탄, 크로스강
고릴라, 매부리바다거북, 말레이호랑이 등등이고

다시는 볼 수 없는 존재들은
백두산호랑이, 도도, 나그네비둘기, 황금두꺼비, 흰코
뿔소, 양쯔강돌고래, 태즈메이니아늑대 등등이다

그리고
내 어머니

엉터리 인생을 생각하다

똑똑하지도 성공하지도 않았네
뛰어난 능력이나 기술도 없었네
단지 운이 좋았을 뿐
적절한 때와 장소의 결과일 뿐
승진과 성취를 별것 아니라 여겼네
나는 나를 증명할 필요가 없었고
지나치게 왜소한 자아를 가졌을 뿐
아무 문제 없이 승승장구한 적도 없었네
해 질 녘 퇴근길에 홀로 앉아
술 한잔에 속마음을 드러낼 수 있었고
나를 사랑하고 친절하게 대하자고
수없이 되뇌지만 엉터리였네
인생은 경주가 아니라 모험이니
작은 성취도 자축하고 불안은 버려야겠네
내 생의 그림자가 길어지고 있네

요즘 것들

지들만 아는 요즘 것들
지금만 즐기는 요즘 것들
MZ세대라는 요즘 것들
친구들이 요즘 쏟아내는 말들

피라미드 내벽에도
수메르 점토판에도 있다는
요즘 것들

지속가능성과 다양성에
선한 영향력을 드러내며
자신의 삶으로 돌아와
목표 지향적으로 잘 사는 요즘 것들

갓생도 디코도 업비트도
나는 모른다
가치관도 촌스러운
나는 모른다
그대도 나도
이전엔 요즘 것들이었으니

입춘방立春榜을 쓰며

장복산 산신령이 상수리나무 그늘에서
속곳을 갈아입던 엊저녁
온 산과 바다의 혼인색 눈짓에
열사흘 달도 반해 능선에 내려앉았지

마누라, 오늘 해거름엔
자연산 초벌 정구지 무침에
깨소금에 구운 김 가루 듬뿍 얹은
얼갈이배추겉절이 한번 무쳐보소
내친김에 냉이된장국도 있다면 금상첨화겠지

이렇게밖에 못 살아도
두보 이백의 월하독작 같은 거 몰라도
삶은 또 제 옆구리를 붙들고 흘러갈 것이니
내 마음 천지에 얼마나 큰 복이고 경사겠는가

지창구 할아버지

그는 망지기다
눈으로 물고기를 잡는 사람
침묵의 사냥꾼 지창구 할아버지
기다리는 일이 직업이라
일흔둘의 인생 자체가
온종일 바다만 바라보는 남자
친구라곤 담배와 커피뿐
불그스름하다가 하얗게 번뜩이는
시거리의 물색에
그는 바다를 꿈꾸는 것일까
망지기는 사후에 숭어잡이 신이 된단다
역대 망지기를 모신 제단에
숭어들이 조업 전 고사를 지내는
그의 어깨에 비늘 같은 낮달이 떴다

한 편의 서정시

아쉽다는 말이 아니네
야트막한 산자락 아랫마을
작대기를 받친 지게 옆에
낫을 가는 숫돌과
꼴을 베어 담는 망태가 있네
벼와 보리를 널어 말리는 덕석과
고추와 호박 쪼가리와 들깨
논두렁에 심어 가꾼 붉은 팥이
함께 널린 둥근 맷방석이 있네
나무를 한 짐씩 짊어지고
산길을 따라 뛰어 내려오는
장엄한 노동에 강둑의 황소들이
길게 고요의 울음을 토해내면
팽이치기하는 아이들 머리 위로
설핏 햇살이 기울고
앉은뱅이 밥상에 둘러앉은 식구들
도란도란 숟가락질에 그저 빙긋이 웃네
다시 돌아가자는 말도
그때가 좋았다는 말도 아니네

호박잎 강된장 쌈

속천 바닷가에 앉아 멍때리기를 했지만
무아지경까지 가보지도 못했고
뉴턴이나 아인슈타인의 수염도 못 보았고
유레카를 외치지도 못했다

작년에 아내를 먼저 보낸 선배는
혼자 사는 즐거움을 아느냐 묻더니
예순이 훌쩍 넘도록
크고 넓게 받은 사랑을 안고
깊은 외로움의
골을 파는 재미라고 말했다

깻잎과 상추에 전어회를 싼다
가을이 통째로 들어와 우적우적 어울리고
호박잎 강된장 쌈에 세월을 싼다
나는 한 마리 순한 황소가 되어
강둑의 푸른 맛 평화를 뜯는다
지금도 나는 사랑에 목숨을 걸고 싶다

화개 우전차

세상의 어느 지평선에 해가 질 때
세상의 어느 수평선에 해가 뜬다

신이 인간에게 준 따뜻한 신탁을 안고
일창일기一槍一旗의 말린 잎
새벽안개에 잠겨 농축된 천지의 화기和氣
불기운에 비비고 덖어 빚어낸 결정체
지리산 화개 우전을 만난다

찬 샘물 길어와 푸른 빛 떠오르면
찻잎에 깃든 다신茶神을 은근히 불러내고
마른 입술을 적시면 온몸에 천향天香)이 풍겨
오목 가슴의 잔주름을 오롯이 펴 준다

가히 근심의 벽을 부수는 신비
망우군忘憂君으론 근접조차 못 하리라

세상의 말이나 감탄은 군더더기일 뿐
오월의 연두 속에 앉아 오랜 벗과
신축년 해차를 달이니
나는 누구이고 여기는 어디인가

가을이다 힘내자

가을이다
불효자는 옵니다 현수막처럼
길가의 코스모스도 고개를 흔든다
온 세상이 아프다

추석 차례도 모시지 못하고
가을 달빛이 가장 좋은 밤에
아들도 딸도 없이 덩그렇지만
그대에게 마스크를 보낸다

들은 말보다
듣지 않은 말 속에
더 큰 사랑이 있다는데
말이 많아 지은 죄 많다

귀와 코는 열어두고
눈과 마음의 침묵을 기도한다
바람에서 쓸쓸함의 냄새가 난다
순식간에 외롭지만
가을이다 힘내자

황홀함과 역겨움 사이

중국의 송화단을 먹고
목포에서 홍어를 먹고
호치민에서 분더우맘똠을 먹고
네덜란드 할라피뇨 치즈를 먹고
신선과 부패를 생각했다

삭힌 것과 썩은 것의 차이는
김치와 요구르트처럼
발효의 쿰쿰함과 달큼함 사이

얼음 잔에 글렌피딕의 맛은
상상하지 마시라
스스로를 치켜세우거나
비하하는 일에 시간을 쓰지 말 듯
세상의 맛은 거기서 거기다

| 2부 |

십전대보탕

바쁘다고 발만 동동거렸더니
몸도 마음도 예전 같지 않아
동네 한의원을 찾았다

눈 맑은 한의사는
양손 번갈아 맥을 짚어보고
입맛은 어떤지
명치가 꽉 막힌 것 같지 않은지
땀은 얼마나 흘리는지 묻더니

때린 데 또 때리고
백날 약 먹어봤자 무슨 소용
먹기 싫은 것 먹지 말고
먹고 싶은 것 마음껏 먹으며
적당히 하고 싶은 대로 살란다

굳이 안 먹어도 된다는
보약 한 재를 지었더니
가려야 하는 음식 〈없음〉이란다
화타가 따로 없다

귀찮음에 대하여

늦잠 자고 세수도 안 한 채
밥도 안 먹고 아무 생각도 없이
드러누워 빈둥거리고 있으니
힐끗거리던 아내가 빼액 한다
봄에 붉게 익는 감도 있나
도대체 귀찮음과 한판 승부를
몇 년째 하고 있나 나는
욕심이 있어야 인생이 있고
인생이 있어야 욕심이 있다고
멋진 옷이 없으면 멋쟁이도 없을 것
멋쟁이가 없으면 연애 욕망도 없을 것
연애를 하지 않으면 사람도 없을 것
그러다가 인류는 멸망할 것이라는데
게으름뱅이의 천국은 어디 있나
귀찮음을 이기고 세상에 나가라고
그래야 욕망의 대상을 좇게 되고
경제가 돌아가고 정치가 필요하다고
그냥 담백하게 욕심을 버리면 안 되나
내 인생의 싸가지는 어디 계시나
담배 생각 간절한데 일어나기 귀찮네

마스크 소통

마스크를 껴도 너는 보인다
세상에 지우지 못할 흠은 없다지만
답 없는 문제도 가끔 있었지
박자를 놓쳐버린 노래를 듣거나
리듬을 잃어버린 춤을 보는 것처럼
삶은 대체로 무의미하거나 대책이 없다
거인들은 보이지 않고
쫄보와 잔챙이들이 득세하는 세상
고개를 크게 끄덕이지 않아도
눈가에 잔주름이 웃고 있다
미간 한번 찡그리지 않고
입술은 언제나 단아하다 너는
마음의 화면이 없어도
기승전결이 없는 이야기도
눈가의 웃음 하나로 충분하다

당뇨병 시인

오래전 어느 날 의사가 말했다
소변에서 단내가 나기 시작했다고

혈당, 췌장, 인슐린 따위의 단어들
체중, 운동, 합병증, 죽음의 병 늘어놓다가
큰 걱정 하지 말라며
병을 데리고 살라 한다
이십 년이 넘도록 데리고 산다

올해가 캐나다 의사 프레더릭 밴팅의
인슐린 발견 100주년이다
밴팅의 생일 11월 14일 세계 당뇨병의 날
그에게 술 한잔 올린다

누가 내 삶을 짊어질 수 있나

시집을 출판한다고 하니
오래 사진을 찍어왔다는 제자가
프로필 사진을 찍어주겠다고 했다
보내온 파일을 열어보니
백여 장의 사진 중에
똑같은 게 하나도 없다

대통령이 내 삶을 책임질 수 있나
오천만 백성 중에 똑같은 사람 하나 없는데
집단 통제로 규제를 양산하면
자유는 숨 쉴 틈이 없으므로
그대도 나도 특별한 사람이다
평등이 획일이 되면 사람인가 짐승인가

별무뚝뚝이로 평생 살아온 내가
이렇게 많은 표정을 갖고 있었다니
아무도 내 삶을 책임질 수 없다는 말
보잘것없는 시골 촌부의 인생도
내 것이니 내가 감당해야 마땅할 터
오랜만에 크게 한 번 웃었다

기댄다는 것에 대하여

부화뇌동을 머리에 이고
남 따라 장에 가면서
참 오랜 시간 사상에 기대고
이념을 쫓으면서 살았다
찌들면서 자란 나무가
아무리 멋지다 해도 아프다
청명 날 아침나절
코로나 뭇매를 견디고
작은 의자에 기댄 나에게
갓 내린 커피 한잔 권한다
천천히 오는 행복의 호주머니에
내일 아침 해가 뜰 것이다
아하! 하고 무릎을 칠 것이다
그대의 슬픔에 가 닿고 싶다

가브리엘의 오보에

코로나 시대
나의 데일리 리츄얼은
가브리엘의 오보에다

가끔 엔니오 모리코네의 영화음악까지
세상의 관계는 갑자기 오리무중

불안한 마음 어루만지는
그분의 손길인가

갓 내린 커피 한잔에
조간을 들고
베란다 한쪽 구석에 앉으며
영혼을 다독이는 선율을 듣는다

서른

뭘 좋아하는지
뭘 해야 하는지
뭘 잘하는지 잘 모르겠다
눈떠보니 서른

무엇이든 자기 취향과 전문성을 만들어가고
모험이나 실험, 변화를 통해 자신이 살고 싶은 삶을 찾
아가는 시기라는데
정기적으로 월급을 주는 회사가 나에게 기대하는 것이
무엇인지
내가 나에게 기대하는 것은 무엇인지

자신이 무엇을 원하는지 스스로 질문할 시간
질풍노도의 30대
남들과는 잘 지내고 있다고 생각했지만
정작 자기 자신과 잘 지내는 법은 모르는

공원 모퉁이에서
바람개비가 돈다
무지개색 바람이 분다
죽어라 해서 안 되는 일도 있고

＞

삶을 말하고 듣는 일에
떠날 거면 아주 멀리 가는 게 낫지
알아주는 마음보다 들어주는 마음이 낫지
체념과 순응을 익힌 한 마리 어른이었다

선착순 달리기

중고교 체력장 오래달리기가 나는 싫었다
초등학교 운동회 때
공책 한 권 타 본 적 없었으니
하늘이 노랗다는 걸 실감했던 오래달리기

신병훈련소에 갔을 때가 가장 압권이었다
걸핏하면 선착순 달리기로 기합을 주었고
할 때마다 꼴찌를 해 대여섯 번의 달리기에
나는 세상을 저주했으나 달이 지고 아침은 왔다

일등 한 사람은 바로 면제가 되던 선착순 달리기
이건 아니다 불공정하다 투덜거렸지만
엎드려뻗쳐에 팔굽혀펴기까지 하고 말았다
세상이 낯설고 나는 쓸모없는 존재 같았다

세상에 나와 수많은 시험을 거치면서
정답 없는 삶의 골목길을 터덜터덜 걸으면서
거대한 선착순 달리기가 기다리고 있음을 알면서
서둘러 어른이 되었다는 걸 후회했다

옆 사람을 경계하며 미친 듯이 스스로를 닦달하는

전교 일 등을 향한 무한 선착순 달리기
나를 이전투구泥田鬪狗의 뻘밭에서 건져줄 구원자는
과연 누구시며 어디 계시는가

세상은 가난을 증명하라 하고

다닥다닥 붙어있다 원룸 건물
집이 아니라 방을 파는 큰 집
대학을 졸업하고
서른이 넘은 딸이 살고 있다
가난은 낭만이 아닌데
집이 아니라 방에 산다 우리는
어쩌자는 것이냐
골목길에 비닐봉지가 날아간다
흔들리는 마음에 술 한잔
학습도 관계도 잃어버려 두렵다
오늘 같은 봄날
꽃이 져도 같이 울 사람이 없다
그래서 어쩌자는 것이냐
끝내 생은 직립보행이다

어느 장례지도사의 말

달이 나를 바라보고 돌 듯이
고난의 자전과 공전이 끝나도
나는 그분들의 뒷모습을 모른다
부모가 죽었다고
세상에 차마 광고를 할 수가 있는가
코로나19의 숙주가 되는 세상
다만 나는 몹시 슬프다
한 사람의 인생 이야기가 끝났지만
아무것도 말해진 것은 아니다
그 이야기를 함께 나누며
작은 상을 차려 향을 사르고
술 한잔으로 그를 기릴 뿐
인생은 평면체도 아니고 다면체도 아니다
사차원의 너른 세계라 서로 곁에 두고
아무런 대책 없이 그리워하는 나는
둘이 함께 노을에 젖는 장엄함에
경배를 올리고 싶다

시가 시시해졌다

갈 때 보았던 이슬이
올 때는 흔적도 없다
다 내려놓고 맑게 걷기로 한다
시의 목적은 무엇일까
왜 시를 쓰는 걸까
하도 미심쩍은 세상이라
나의 지적 게으름과
문학적 비겁함의 변명으로 일관된
몇 줄의 묘사와 서술에
어찌 인생을 건단 말인가

사마천과 만난 빈집

흔들리는 상수리나뭇잎 한 장에서도
삶의 수고를 읽을 수 있도록
식구들 다 잠든 새벽
홀로 앉아 적막의 숨소리를 듣는다
내 몫의 등짐 무겁다 한 적 없이
하늘을 받든 순한 한 마리의 짐승으로
사랑을 안고 기꺼이 생의 섶다리를 건넌다
싸움과 사랑과 밥
미로를 헤매는 슬픈 구멍의 눈물들
간절한 마음 하나 없이
누가 함부로 업을 지었겠는가

정선에서

살면 살아진다던가
내가 살다 죽는 일
아득하게 잊힌 이름들에
돌 하나 얹어놓은 손바닥이다

절벽 하나 등에 진 채
한 척 요행의 섶다리를 건너는 시간을 본다
강가 자갈밭에 놀고 있는 햇살들
그 다음에
들풀 하나쯤 솟아준다면
슬픔도 능히 기쁨이겠다

흐르는 세상의 저녁 길을
넉넉한 산 그림자 한 짐 지고
먼 불빛을 찾아 젖은 마음을 내보이면
강가 밭둑 너머 새첩게 돋은 저 낮달

누가 익모초를 달이는갑다
쓴맛도 삭이면 달착지근해진다면서
땅에 떨어진 별에 귀를 기울이면
상강霜降 무렵 바람의 흰 뼈가 쟁쟁한데

아라리 물가 부근 늦은 가을이 건너가신다

강가에 서면 존재들은 모두 발성 연습 중
유리병에 가득 담긴 시간의 그림자들
식물성이 동물성을 밀어내는 소리가 들린다

욕망의 뿔을 뽑아
강둑의 버드나무에 꽂아놓고
구름의 뺨에 노을빛을 새기는 강물
물이랑 사이사이에
푸른 꿈의 반짝임을 도도하게 받아쓰는 지금
나는 무엇으로 영역을 표시하고 있나

어떤 통화

잘 지내냐가 괜찮니로 바뀌었다
친구도 나도 간절함뿐이었다
요철 장판을 맨발로 걷는 기분이다
어떤 일을 도모하기에도
하릴없이 연말을 맞고
무계획의 새해를 맞아야 한다
사소함이 특별하게 되는 날
시절 탓만 할 수 없는 내가 밉다
어디에도 없지만 너를 찾는다
너도 꽃 피고 나도 꽃 피면
온통 꽃밭이 된다는 시인처럼
내일을 기다린다

사이

바둑기사는 아무리 비세라도
끝까지 멋과 미학을 따른다
패배를 알면서도 옥쇄를 택하고
비장하게 돌을 거두는 손가락
필멸을 각오하고 내딛는 걸음
신이 하는 일인가
아름다움이 하는 일인가
그 사이에 사랑이 있다

어떤 적선積善

버스를 탔는데 카드도 잔돈도 없었다
낭패의 얼굴로 기사에게 말했더니
웃으면서 괜찮습니다 한다

재물과 먹을 것을
나누는 게 보시布施라 배웠는데
이건 분명 적선積善이리라
나는 베풀 것이 없으니
육보시肉布施라도 해야겠다

오늘따라 하늘의 구름 몇 점도
길가의 노란 은행잎도 참 아름답다

탁구

곰삭고 풍미 가득한 밥상 아니라도
청양고추는 몸속에 초록색 불길을 만들지
가볍다고 입김만 불어도 날아간다고
너무 쉬운 서브는 너답지 않아
가볍디가벼운 말이라도 변화는 많아서
관계와 관계의 속성이 미묘함을 부르지
직사각형의 세상에서 너를 확인하고
말 한마디 없어도 마음을 주고받지
가끔 네트를 맞고 이리저리 튀거나
모서리를 맞기도 해 익명의 얼굴들이
인종이나 나이를 분간할 수 없게도 하고
면면만 있고 이목구비가 없지만
어차피 수많은 선수들이 함께 뛰는 것
넘기고 되받아치고 심란할 겨를도 없이
실루엣만 보이는 너와 나의 다짐들

죽집에서

몸살감기가 심한 걸 보니
또 봄이 오는가 보다
입맛 대신 살맛을 위해
집 근처 죽집을 찾았다
애어른 할 것 없이
죽을 먹는 사람들
의외로 많다
살다 보면
속 불편한 일 하나둘인가

| 3부 |

수오지심羞惡之心을 다시 읽다

부끄러움을 알아야 하늘이 보이고
부끄러움을 알아야 별을 볼 수 있다
남을 탓하면 나를 볼 수 없고
바람이 불어도 느낄 수 없다
부끄러움을 잃어버리면
하늘도, 그리하여 별도 볼 수 없다
숙이고 숙여야
내 안의 어리석음이 보이고
두드리고 두드려야
부끄러움을 안다

어머니

무릎을 깨 울고 있던
그날의 한 페이지에서
한 마리 양 같은 기도祈禱를 만났네

내 마음 안에 차가운 방을 만들고
밤새 왔다 갔다 안절부절못하는

첫 우물물 한 사발을 들고
수없이 촛불을 켰다가 껐다가
다시 성냥을 찾는 지고지순至高至純이시여

꽃밭에서

그 어떤 꽃도 잎도 없는 마당
흥성하던 색과 향도 흔적이 없어
대설大雪 지난 싸락눈이 흩날릴 뿐

차안此岸에서 피안彼岸을 꿈꾸듯
벌 나비는 언감생심
그저 맑고 고요함만 천지를 감싸며
한사코 적멸의 시간을 건너간다

시절이 하수상하니 월광참도月光斬刀인가
나무도 꽃도 돌림병에 자리를 물려주고
세상의 가장자리에 마음을 심는가
존재의 변화무쌍을 지나치게 사랑한 죄
신神에 대한 이성적 사랑만이 구원의 길인가

한숨도 힘 있을 때 내뱉어야 하는 법
사람살이 숱한 페이지에 담긴 아픔들이
하늘이고 바람이고 별이고 눈물이지만
다시 돌아올 초록의 언덕을 기다린다

꽃구경

팔순의 어머니를 업고
꽃구경 가듯 봄날요양원에 갔네
나비로 환생한 아버지와
봄꽃으로 피어난 어머니가 손잡고
두 분이 가야 할 길 환하시라 빌었네

돌아오면서 장사익의 노래를 들었네

어머니 꽃구경 가요
제 등에 업히어 꽃구경 가요
세상이 온통 꽃 핀 봄날
어머니 좋아라고
아들 등에 업혔네
마을을 지나고
들을 지나고
산자락에 휘감겨
숲길이 짙어지자
아이구머니나
어머니는 그만 말을 잃었네
봄구경 꽃구경 눈감아 버리더니
한 움큼 한 움큼 솔잎을 따서

가는 길바닥에 뿌리며 가네
어머니, 지금 뭐하시나요
꽃구경은 안 하시고 뭐하시나요
솔잎은 뿌려서 뭐하시나요
아들아 아들아 내 아들아
너 혼자 돌아갈 길 걱정이구나
산길 잃고 헤맬까 걱정이구나

난분분 회자정리요
난분분 거자필반이라
팔순의 어머니를 업고
꽃구경 가듯 봄날요양원에 갔네

남덕유산 골짜기에 가서

매화 같은 봄꽃은 꽃잎으로 지고
국화 같은 가을꽃은 떨기로 진다
꽃이 아름다운 모란이나 작약은 열매가 없고
꽃이 작은 대추와 사과는 주렁주렁
바닥을 기며 넝쿨로 자라지만
열매는 큼지막한 수박이나 참외도 있다
동백처럼 잎이 두꺼워야 겨울에 푸르고
오동같이 잎이 크면 일찍 시든다
쉬 자라는 것은 먼저 시들고
늦도록 푸른 것은 오래 산다는 말씀
나는 오동일까 동백일까
모란일까 수박일까

리더십

장미꽃 국화꽃 해 쌓지만
부추꽃만한 거 없다고
평생 흙과 사신 어머니의 말씀
보고 느끼는 것도 좋지만
먹는 나물꽃 아닌가
뿌리고 거두는 게 인생이라지만
되는 대로 살 것인가
생각대로 살 것인가
응달 곁에 간신히 피는 꽃도
나긋나긋 겸손을 가르친다

추석

추석입니다 어머니
잘 익은 사과를 깎으며
서른 해 전 그날처럼
저 달은 환하게 빛나
건넌방의 병풍을 손질합니다
살아생전 따스했던 눈길
한 그릇 고봉밥에 인사하며
이래도 걱정
저래도 걱정이셨던 어머니처럼
세상 근심을 누르며
오색단풍을 기다립니다
추석입니다 어머니

이별마저 곱다면서

노을 비낀 단풍 숲 아래 서면
봄꽃보다 아름답다던 단풍
두목杜牧)의 술잔이 생각난다

지체를 떼어내는 아픔 뒤에
한풍寒風)을 맞는 겸허를 읽는다

나무는 자기다운 삶을 살 뿐
홀로 술잔 들고
이별마저 곱다면서

바다의 물총
– 통영예찬

바람에서 아랫목 정서가 느껴지니
미륵산 산등성이에 진달래가 한창이다
통영 영운마을 가야지
우렁쉥이면 어떻고 멍게면 어떻노
저 붉음을 거제 동백도 당하지 못해
멍게꽃밭 농염한 주홍에 마음이 탱탱하다
알 멍게가 되기 전
도깨비방망이에 붙은 살맛에
소줏잔이 그냥 넘어간다
쌉싸름하다가 달큰하다가 싱싱한 바다 맛
멍게비빔밥도 좋고 멍게찜도 예사 맛이 아니지
멍게 튀김이나 멍게 죽은 또 어때
수족관에서 만나는 바다의 물총맛도 일품이지

진해극장

인구 십만의 작은 도시 진해에
해양극장 중앙극장 진해극장 경화극장
네 개가 성업 중이었어
영화관을 나와 흑백다방의 커피 향에
늙은 화가와 고전음악을 듣던 진해의 문화
개발 바람인지 세월 바람인지
경화가 가장 먼저 문을 닫았고
진해가 그 뒤를 이었고
중앙과 해양도 문을 닫았지
추억의 언덕이 허물어졌어
지금은 롯데시네마가 유일하나
코로나로 개문 폐업 중이지
청춘의 발자국이 찍혔던 공간들이
기억의 저편으로 넘어간 지 오래지만
또 다른 진해의 문화가 오시려나
경화시장통 막걸리 한잔에 묻는다

향일암에서 보리암까지

해를 향한 집에서 해돋이를 보았네
금오산 기암절벽 사이
붉은 동백꽃잎에 간절함이 얹혔네
남해 보리암과 양양 낙산사
강화 보문사와 함께
4대 해수관음기도처인 향일암
한려대교 말고 한려해저터널 뚫리면
그예 마음 연 사람들 면면이 오갈 터
다도해의 물결 오늘도 잔잔하건만
여수댁 마음은 벌써 바다를 건너
금산의 보리암에 가 닿았네
해수관음상 그윽한 눈길 아래
남해댁은 시금치를 키우시나
마늘종을 뽑고 계시나
향일암에서 보리암까지
비단 같은 다도해의 사랑이 넘실거리네

무게중심을 잡는 법

진해 대광사에 가서
서른 몇 해 전에 가신 방창갑 시인이
꽃을 보는 마음이란 시를 썼어
일렁이는 마음을 마음대로 할 순 없지만
망연자실 바라만 볼 수 없었던 게지
늘 단단한 마음 갖고 싶었지만
계절마다 찾아오는 열병 앞에선 속수무책
덧없음과 부끄러움을 지나 희망에 이르기까지
생의 하중을 견디느라 던져두었던 마음
소중한 것들 다독이느라 어디론가 숨어든 마음
한 마리 나비가 되어 젖은 날개를 털었겠지
막연한 불안을 딛고 마음에 꽃을 심었겠지
더 늦기 전에 그대도 나도
흔들리는 마음에 꽃을 심어야 마땅하겠지

*방창갑 시인 : 1988년 작고한 진해의 시인. 시집 『꽃을 보는 마음』이 있다.

묵밥

경화장에서
메밀묵과 도토리묵을 샀네
군에 간 아들은
짬밥을 먹을 텐데
고시텔에 사는 딸은
아침을 컵밥으로 때울 텐데
나는 쌀밥이 싫어서
잡곡밥을 먹고 있었네
풀을 쑤어 굳힌
이 묵 저 묵 쌉싸래한 맛
밥을 말아 한 숟갈
푸근한가 수더분한가
아들아 딸아
밥은 먹고 다니냐

합천댐에 가서

황매산을 안고 푸른 사유思惟가 깊다
산새들 멋대로 날며 풍광을 그리고
한여름의 대낮 무릇 한가롭지만
햇살은 사람들 한숨에도 그칠 줄 모른다
산전수전 다 겪고 기름기 빠진 몸
더 무엇을 기다리고 바랄쏘냐

덥거나 춥거나 비가 내려도
누군가는 저녁 식사를 준비해야 하는
분명 견뎌내야 하는 일상일 뿐
알지만 지나가는 그늘의 힘
거북 털과 토끼 뿔을 구하려 하나

흑백다방 가는 길

부산행 빨간 완행버스 터미널은
세광병원으로 우뚝 변해버렸지만
이 층짜리 목조건물 나란히 선
황해당 인판사 모퉁이를 돌면
정원이 아름다운 곰탕집이 있었지

팔거리 중원 로터리를 돌아
영해루 건물이나 수양회관 건너편
우체국 돌계단에 앉아
오래 전 부쳤던 편지를 떠올리기도 하고

우리은행 옆길 소방서로 향하다가
왼쪽으로 고개를 살짝 돌리면
웅크린 듯 흑과 백의 이 층 건물
유택렬미술관 아래 흑백다방 있다

모카커피 향에 반해 들렀다가
커피와 음악을 배운 사십여 년 전
중앙성당 종소리를 들으며
가난에서 고독과 슬픔을 건넜지

벗나무는 해마다 꽃 피었다 지고
주말 오후에는 커피 향이 흐르는데
젊은 연인들 하나 보이지 않는 팔거리
우리들 마음속엔 여전히 흑백다방 있다

불치하문不恥下問

여름이 가고
가을이 왔다
그냥
그저 그렇게
조용히
아무렇지도 않게
아무 일 없었던 듯이
살아지더라
사라지더라

| 4부 |

하지夏至

연꽃 봉오리
갓난아이 주먹만 해질 때
다복솔 숲을 지나
함양 상림 연밭 간다
어슬렁거리는 마음에
뒷짐 지고 서서
새끼 데리고 나온 어미 쇠물닭
반갑다 어디 보자
하나, 둘, 셋, 넷, 다섯, 여섯
아직도 여섯 달이 남았구나
등짝에 꽂히는 땡볕도 살갑다

삼월 삼짇날

벚꽃이 지고 연두의 세상이건만
염치불고廉恥不顧의 나날이다
코로나로 시대와 불화하는 건
그대와 나뿐 아니지만

동네 떡집에 진달래 화전이 나왔다
주인장의 얼굴이 떠올랐다
저건 봄날 한정판이지
무조건 사서 한입 먹었는데
일년춘색복중전一年春色腹中傳일세

아래층 할머니 두어 개 드렸더니
세시풍속이 그립다며
이 귀한 걸, 하신다

* 일년춘색복중전一年春色腹中傳 : 조선 선조 때 시인 임제. 한 해의 고운 봄빛
  뱃속에 전해지네.

햇살 아래 답청踏靑 가세
– 눌재에게

낙하산은
바람의 흐름을 잘 타야 하고
낚시꾼은
물의 흐름을 잘 타야 한다는데
그대와 나
인간사도 마찬가지 아닌가

그대를 만나
해 질 녘 길손이 등촉을 얻었으니
명분과 실리가 그 무슨 소용
가시에 찔려야 장미를 얻는다지만
마음보다 몸이 먼저 움직인다네

라면 먹고 갈래요

그대는 행복하기 위해서 태어난 사람
세상의 중심이고
그대로 인해 세상이 변할 것이다
작은 불편도 참을 필요가 없지
그대는 고유하고 특별하니까
타인의 불행은 고려할 필요가 없어
그렇다고 불행의 가능성을 없애지 말라
불행과 불운도 결핍도 받아들여야
삶도 어느 정도 경건해지는 법
살다 보면 우연도 경험하고 오해도 받지만
지문인식으로 생의 현관문을 열고
홍채인식으로 삶의 비행기를 타는데
집착과 미련을 접고 먼 데 마음 두지 말 것
쥐었던 것 내려놓고 조금씩 가벼워지는 것
아아, 사뿐사뿐 걸어가는 게 이리 어려우니

너라는 꽃

툭!
잘 익은 밤송이 떨어지는 소리 아니네
청설모가 나무를 타는 소리도
바람에 몸을 흔드는 구절초도 아니지
붉은 동백이든
겨울꽃 수선화든
제 나름의 소리와 빛깔이 있지
벼랑을 탓하던가
비바람을 탓하던가
묵묵히 저만의 꽃을 피운다네
너답게 피어난 사람꽃
너라는 꽃 한 송이

루이비통 반지갑

정년퇴직 기념이라며
아이들이 사 온 루이비통 반지갑
검색해 보니 백만 원이 넘는다

평생 명품이라고는
몽블랑 만년필이 유일했는데
나도 명품을 가졌구나 싶다가도
내 삶과 전혀 닮지 않아 슬픈
반지갑 가죽에 손기름을 묻힌다

아내와 베란다에 앉아
속천 바다 낙조를 보며
생탁 한잔으로 하루를 다독인다

무엇은 무엇이다

인생은 두괄식일까 미괄식일까
아니면 진부한 수미상관일까
양념이 많거나
수식이 화려한 문장을 피하자고
수십 년을 책 보고 신문 읽었다
쓸데없는 지식으로 미래를 예측하고
일상을 반복하는 슬픈 일을 이어가며
해가 지고 달이 뜨는 오늘
그대와 나의 삶도
무엇은 무엇이다가 될 것이다

쌍계차를 달이다

칠불사 계곡 물소리

잔뜩 짊어지고 내려와

아홉의 좋은 일 두고

하나의 언짢음에 운다

온종일 무거웠지만

너를 만나 고개를 들었다

겨울 아침 커피를 마신다

피를 너무 많이 빤
문자蚊子는 날지 못하고
거머리는 헤엄치지 못한다
탐한 것은 반드시 토해내는 법이니

무서리 된서리 무섭다지만
추상秋霜보다 서릿발이 더 무섭다지만
서릿발에 끼친 단풍잎을 밟으며
멀리 봄이 올 것을 믿는 마음만 하랴

한파에도 청아한 수선화는 피고
자작나무 숲에 달빛도 어김없다

위대한 발명

비행기를 만드니 추락이 있고
자동차가 생기고 나서
교통사고가 태어났다

인생의 고단함을 만드는 인간들

무임승차가 허락되지 않고
이러지도 저러지도 못하는
동어반복의 집요함에
너의 삶이 쉬울 거라 생각지 않는다

나도 그렇다
강물로 들어가는 토우土偶처럼
아무것도 되고 싶지 않지만
기어이 땅에 올라 집을 짓는다

저무는 아버지의 가을

이제 저녁은 쉽게 오고 빠르게 저문다
하루가 다 가버린 것 같은
피로와 쓸쓸함이 밀려오는데
가을이 깊어질수록 마음에 바람이 분다
저무는 계절에 저무는 해를 따라
어두워지는 이 마음은 감당하기 어렵다
바람에 날리는 단풍잎의 손가락이고
바다로 흘러가는 강물의 옆구리다
마음이 점점 흐려지는 사람에게
뭉클한 날이 자주 온다

한 발의 화살

사대射臺에 서서
한 발의 화살을 당기는
궁사의 표정을 본다
표적 앞에서
세상 그 무엇도
오래 머물지 않는다는 것을
마음이 운명을 따라가도록
놓아주어야 한다는 것을 읽는다
결과에 순응하는 우아한 겸손까지

날개와 품개

날개는 날기 위해서만 있는 게 아니고
둥지 속에서 알을 품고 있는 날개는 품개라시던
이어령 선생의 말씀에 코로나의 가을이 풍성해졌다
날개보다 더 소중한 날개 품개
나와 다른 것과 싸우지 말고 품어야
디지털과 아날로그를 품어 디지로그로 나아가야
해양 세력과 대륙 세력 사이에 낀 한반도
아인슈타인이 바랐던 전쟁과 빈곤의 공포를 넘어
더 큰 화합의 날개를 펼 수 있다는 말씀
이제 인생의 반짝임에 넋을 놓지 말기를
어떤 인연 아래서건 영혼끼리 인사 나누며
당신의 안녕이 내게 건너오고
비록 내 체온이 돌아가더라도 정갈하겠지

석양의 만찬

모로코 바닷가에서 따온
올리브유를 두른 프라이팬에
잘 익은 김해 대저 토마토를 지져
소비뇽블랑 한잔 곁들이는 저 여자

먼지 많은 나의 오늘을
끝물 부추에 방아잎 뜯어 넣고
식용유 둘러 휘휘 부쳐서
찬 소주 한잔 들고 싶은 나날

지금 재미있게 놀자

애들이 무슨 걱정이 있겠어
전쟁이 나도
웃거나, 울거나, 화내거나, 까불거리는 건
몸과 마음이 현재에 있기 때문이지
살아온 날들은 쉽지
오는 내일을 막을 수는 없고
걱정도 때가 되면 왔다 가니까
과거는 바꿀 수 없어
미래를 바꾸는 게 훨씬 낫지
이 걱정 위에 저 걱정이 쌓이니
지금 재미있게 놀자
내일을 위해 견디지 말자

김치찌개

작년 김장 김치 잘 익었네
비계 붙은 돼지고기 몇 점
숭숭 썰어 넣고
팔팔 끓여 내놓은 냄비째
밥 한 공기 뚝딱 비웠네
이마에 맺힌 땀방울 닦으며
소주잔을 들었네
소확행이 따로 있나
사는 게 좀 만만해졌네

가을이 왔다

몇 년 동안 연락이 없던
친구에게 전화가 왔다
그냥 생각이 나서, 잘 사냐?

절절하게 뜨거운 마음인 줄 알았는데
저릿하게 쓸쓸한 마음이었네
그리움이란 거

가장 어려운 시

얼마 전에 작고한 피아니스트 유경아가 말했다
어려운 피아노 음악은
짧은 시간에 많은 음표를 가진 곡이 아니라
정말로 어려운 것은 느린 음악이란다
음과 음 사이를 이어주는 호흡과 여유를
창의적으로 담아내기 때문이란다
그런데 세상은 왜 이리 빨라졌는가
수많은 시집을 읽고 시인을 만났는데
깊지 않고 가볍다 인연이, 언어가

고향

꼬불꼬불 산길을 넘고
다시 산 하나를 더 넘으면
저녁 짓는 연기가 오르는 마을
한 사람이 골목을 쓸고 있다
너나없이 더불어
빛나는 눈을 가진
지혜로운 사람들이 산다

본전치기

겸손과 오만은 한 끗 차이라고
절제가 미덕으로 이어진다고
세상은 엄연히 서열이 존재한다고
그에 따른 권리와 의무도 다르다고
참 매너는 우아하고 무심한 태도에서
스스럼없이 나오는 것이라고
어른들은 가르쳤다
나는 본전치기도 어렵겠구나

마음의 공복空腹을 나는 새

박 대 현
(문학평론가)

마음의 공복空腹을 나는 새

- 무욕無慾의 시학

박대현(문학평론가)

1. 죽음과 초월

인간 존재에 대한 궁극적인 질문은 나이가 들면서 절실해지는 경향이 있다. 이는 자기 죽음에의 응시와 자기 초월의 욕망이 점유하는 노년의 내면과 무관하지 않다. 에릭슨(Erik H. Erikson)이 일찍이 인간 발달의 마지막 단계로 간주한 자아통합(ego integration)의 반대쪽에 죽음의 두려움을 두고 있다는 사실은 죽음에의 불안과 자기 초월이 양면처럼 움직일 수밖에 없음을 말해준다. 인간은 평생에 걸쳐 자기 소멸, 즉 죽음이라는 내면의 불안을 잠재우기 위한 자기완성을 지향한다. 에릭슨이 말한 자아통합은 자기완성의 한 형태라고 할 수 있으며, 동양문화에서 흔히 말하는 '해탈'과도 무관하지 않을 것이다. 노년 시학은 인간 존재를 향한 궁극적인 질문과 자기완성의 욕망이라는 주제를 필연적으로 지닐 수밖에 없다.

이월춘 시인의 시집에도 노년 시학의 양상이 뚜렷하게 드러나고 있다. 시인은 묻는다. "나는 무엇인가/ 산다는 것은 무엇이고 죽는다는 것은 무엇인가"(『묻고 묻는다』) 이러한 물음은 인간 존재의 궁극적인 의미를 발견하고자 하는 욕망에서 비롯된 것으로 결국 소멸할 수밖에 없는 허무의 삶에 의미를 부여하기 위한 인간의 고투라고 할 수 있다. 이 고투는 흔히들 자기 삶의 조화와 평정을 지향한다. 장 켈레비치Jankelevitch의 지적처럼, 죽음으로써 무의미해질 인간의 삶에 의미를 되찾아주는 흔하디 흔한 인간의 사유 행위는 개인의 삶을 초개인적인 역사의 틀 속에 집어넣는 것으로 귀결된다. "우리 세계가 우주 속의 한 소우주가 되고 우주 자체가 은하계라는 대우주 속의 소우주가 되듯이, 그와 같이 X나 Y의 생애는 인류의 유구한 거대 생명의 생애 속에서, 그 초경험적인 초실존 속에서, 경험적인 한 일화가 된다."(장켈레비치, 『죽음』)

죽음의 무의미는 개별자를 넘어선 인류와 우주의 연속성 속에서 극복된다. "목련이 피어서 비가 오는가/ 비가 와서 목련이 피는가/ 목련의 열흘처럼/ 그대와 나의 사랑이 지는데// 달이 참 좋지 했더니/ 술상을 내왔다/ 우주의 먼지인 그대와 나"(『별 보러 갈래』)와 같은 시적 진술이 그의 시집에서 나타날 수밖에 없는 이유다. 그럼에도 불구하고 삶의 허무와 무의미가 온전히 극복되기는 힘들다. 시인은 여전히 우주를 이루고 있는 개별자의 소멸하는 삶에 직면하고 있기 때문이다. 삶의 허무는 기억에 대한 애착을 키운다.

아직 오지 않은 미래의 부피가 점점 줄어갈수록 과거의 기억을 향한 애착의 부피가 점점 커진다. 기억을 향한 애착은 과거에 대한 그리움이다. 그러나 기억은 기억일 뿐이며, 실제 대상이 아니다. 과거의 시공간은 이미 사라지고 없다. 기억은 인간의 신체에 새겨진 희미한 흔적에 지나지 않는다. 그래서 시인은 슬플 수밖에 없다. 이 시집 제목인 '기억은 볼 수 없어서 슬프다'가 내포하는 의미다.

2. 기억과 소멸

그의 시집 곳곳에는 지나간 삶의 기억들이 서술되고 있다. 스무 살 무렵 중동 근로자로 파견 간 친구와 사범대로 진학하여 선생이 된 시인 자신의 이야기(「사우디 박과 이 선생」), 초짜 청년 이발사에게 이발을 맡기게 된 사연(「이발」), 중고교 체력장 오래달리기와 신병훈련소 선착순 달리기에 대한 회상(「선착순 달리기」), 지금은 사라져버린 진해 지역의 극장에 대한 추억(「진해극장」), 진해 팔거리 흑백다방 가는 길의 변해버린 풍경들(「흑백다방 가는 길」) 등은 시인의 삶을 이루어왔던 과거 시공간의 편린들이다. 시인의 정체성은 과거의 기억에 뿌리를 내리고 있다. 예컨대 '흑백다방'은 진해의 문화인들의 중심이었으나, 지금은 다만 그 기능을 상실한 근대건조물로만 남아 있을 뿐이다. 시인은 흑백다방에 대한 기억을 통해서 지역의 예술문화를 향유케 했던 지역 정체성의 뿌리를 환기한다. 그러나 시인의 회상은 옛날이 좋

았다는 식의 단순한 노스탤지어로 귀결되지는 않는다. 노
스탤지어가 없을 수 없으나 시인 스스로 그것을 경계하고
있다. "다시 돌아가자는 말도/ 그때가 좋았다는 말도 아니
네"(「한 편의 서정시」) 시인은 다만 사라지고 없는 대상들을 마
주하고 있을 뿐이다. 소멸과 부재로 진입하는 세계의 풍경
을 응시하고 있는 것이다.

　곧 사라질 존재들은
　아무르표범, 검은코뿔소, 보르네오오랑우탄, 크로스강
　고릴라, 매부리바다거북, 말레이호랑이 등등이고

　다시는 볼 수 없는 존재들은
　백두산호랑이, 도도, 나그네비둘기, 황금두꺼비, 흰코
　뿔소, 양쯔강돌고래, 태즈메이니아늑대 등등이다

　그리고
　내 어머니

-「기억은 볼 수 없어서 슬프다」 전문

　소멸에 대한 시인의 시선은 뭇 생명들을 향한다. 아무르
표범, 검은코뿔소, 보르네오오랑우탄 등처럼 곧 사라질 생
명들과 백두산호랑이, 도도, 나그네비둘기 등과 같은 다시
볼 수 없는 생명들이다. 이들은 인류의 기억 속에 남아 있
지만, 기억의 선명도는 직접적인 감각에 비할 바가 못 된
다. 흔히들 말하듯 기억 속에서 영원하다는 것은 대상의

파편화된 형상을 떠올리는 정도에 지나지 않는다. 기억 속의 존재는 실재가 아니다. 기억 속의 존재가 이 세계에 부재할 때 기억은 오히려 존재의 결핍의 정동을 강화한다. 기억 속의 존재가 이 세계에서 사라지는 순간부터 존재의 균형은 결핍과 유한 쪽으로 중심을 잃고 만다. 시인에게 가장 큰 결핍의 대상은 어머니다. 생성과 소멸의 우주의 한가운데서 시인은 사라지는 뭇 생명들과 더불어 자신의 어머니를 기억하고, "기억은 볼 수 없어서 슬프다"고 영탄한다.

　유한과 결핍의 정점에 어머니가 놓여 있다. 어머니의 부재는 만물을 둘러싼 자연의 법칙 속에 들어앉는다. 어머니가 사라지듯, 지구의 생명들도 사라진다. 지구 생명의 많은 종種들이 사라졌듯이, 인류라는 종種도 언젠가는 사라질 것이다. 허무조차도 마멸시켜버리는 우주의 섭리 속에서 시인은 생과 사를 가르는 세계의 '장엄함'에 대하여 사유하기도 한다.

　　달이 나를 바라보고 돌 듯이
　　고난의 자전과 공전이 끝나도
　　나는 그분들의 뒷모습을 모른다
　　부모가 죽었다고
　　세상에 차마 광고를 할 수가 있는가
　　코로나19의 숙주가 되는 세상
　　다만 나는 몹시 슬프다
　　한 사람의 인생 이야기가 끝났지만

아무것도 말해진 것은 아니다
그 이야기를 함께 나누며
작은 상을 차려 향을 사르고
술 한잔으로 그를 기릴 뿐
인생은 평면체도 아니고 다면체도 아니다
사차원의 너른 세계라 서로 곁에 두고
아무런 대책 없이 그리워하는 나는
둘이 함께 노을에 젖는 장엄함에
경배를 올리고 싶다

– 「어느 장례지도사의 말」 전문

   이 시는 코로나19 팬데믹의 시기에 부모를 한꺼번에 잃은 황망한 마음을 차분하게 진술하고 있다. "고난의 자전과 공전"이라 진술하고 있는 것은 생성과 소멸의 업보가 인간을 괴롭히기 때문이다. 시적 화자는 "달이 나를 바라보고 돌듯이" 죽음이 삶을 둘러싸고 있는 현실은 이 세계가 궁극적으로 "고난"으로 점철된 것임을 말해준다. 죽음 이후의 세계는 알 수 없다. 그래서 시적 화자는 "나는 그분들의 뒷모습을 모른다"고 말한다. 더구나 팬데믹으로 시달리는 세계. 부모가 돌아가셨음에도 불구하고 예전처럼 지인들에게 섣불리 알릴 수도 없다. 돌아가신 부모의 "뒷모습"을 짐작조차 할 수 없는 상실감 속에서 화자는 죽음의 애도를 온전히 홀로 감당해야 한다. 그리고 "나는 다만 몹시 슬"플 뿐인 것이다. 화자는 "한 사람의 인생 이야기가 끝났지만/ 아무것도 말해진 것이 아니다"라는 '어느 장례지도사의 말'에 귀를 기울인다. 돌아가신 분의 삶은 끝났으나 그 삶의 무게를 남은 자들이 섣불리 짐작할 수 없다는 뜻이리라. 이 세계는 떠나버린 이들이 남겨두고 간 삶의 비밀로 가득하다. 다만 우리는 이 세계 너머로 사라져버린 이들을 그리워할 뿐이다. 삶과 죽음의 거리는 머나먼 것 같지만, 사실은 지호지간指呼之間일 수도 있다. "사차원의 너른 세계"는 삼차원 공간 개념을 넘어서 있고, 죽음이라 부르는 삶 너머의 세계를 우리가 볼 수 없는 것은 '3차원'을 넘어설 수 없는 인간 인식 능력의 한계 때문이다. 시간의 축을 따라 사라져간 부모를 화자는 "아무런 대책없이 그리워하"면서 부모님 두 분이 "함께 노을에 젖는 장엄함"에 그저 "경배를 올리고 싶"을 뿐이다.

　죽음은 항상 삶을 앞세운다. 삶이 있고 난 뒤에야 죽음이 존재한다. 그리고 죽음 이후에는 다시 새로운 생명이 탄생한다. 생성과 소멸의 법칙은 우주를 관장하는 섭리다. 삶은 허무하지만, 허무의 무게만큼 아름답기도 한 것이다. 생성과 소멸이 하나의 '과정'으로 존재하는 우주의 운동이라는 점을 인식할 때 인간 존재 역시 스스로를 영원한 개체가 아니라 하나의 '과정'으로 받아들이고 생성과 소멸이라는 자연과 우주의 리듬에 동참할 수 있게 된다.

　　그 어떤 꽃도 잎도 없는 마당
　　홍성하던 색과 향도 흔적이 없어
　　대설大雪 지난 싸락눈이 흩날릴 뿐

차안此岸에서 피안彼岸을 꿈꾸듯

벌 나비는 언감생심

그저 맑고 고요함만 천지를 감싸며

한사코 적멸의 시간을 건너간다

시절이 하수상하니 월광참도月光斬刀인가

나무도 꽃도 돌림병에 자리를 물려주고

세상의 가장자리에 마음을 심는가

존재의 변화무쌍을 지나치게 사랑한 죄

신神에 대한 이성적 사랑만이 구원의 길인가

한숨도 힘 있을 때 내뱉어야 하는 법

사람살이 숱한 페이지에 담긴 아픔들이

하늘이고 바람이고 별이고 눈물이지만

다시 돌아올 초록의 언덕을 기다린다

─「꽃밭에서」 전문

화자는 꽃과 잎이 모두 져버린 겨울 마당을 바라본다. 지
난 계절의 "색과 향"이 모두 사라져버린 마당에는 "대설大
雪 지난 싸락눈이 흩날"린다. 사계절 중에서 겨울은 만물
의 생명이 움츠러든 "적멸의 시간"을 함축한다. 적멸은 죽
음의 상태를 의미하지만, 삶의 번뇌와 미혹의 상태를 벗어
난 열반의 경지를 의미한다. 적멸은 생과 사의 순환고리를
끊어낸 상태다. 화자는 생사고락生死苦樂이 모두 사라져버
려 텅 빈듯한 대설 후의 겨울 마당에서 "적멸의 시간"을

"건너가"고 있다. "하수상한" "시절"을 "월광참도月光斬刀"로 끊어내고 "존재의 변화무쌍"에 휘둘려왔던 지난 삶을 성찰하면서 시인은 "구원의 길"을 모색한다. 그러나 시인은 궁극적으로 이 세계에 대한 연민과 사랑을 멈추지 않는다. "하늘이고 바람이고 별이고 눈물"마다에 "사람살이 숱한 페이지에 담긴 아픔들"을 읽어내면서 "다시 돌아올 초록의 언덕을 기다리"고 있는 것이다. "적멸의 시간" 한가운데서 다시 만물이 소생하는 봄을 기다리는 것은 생성과 소멸이라는 자연의 섭리에 대한 긍정이라고 할 수 있을 텐데, 이 "기다림"은 열망이나 욕망의 표현이라기보다는 이 세계를 응시하는 '정관靜觀'에 가깝다 할 것이다.

3. 일상과 위로

이월춘 시인의 시에서 소멸의 허무와 자기 초월의 의지를 읽는 데 집중한다면 그의 시가 지니고 있는 삶의 구체성을 놓치게 될 것이다. 시인의 시는 시인 자신을 포함하여 소멸하는 존재들을 아우르는 삶의 근원을 천착하고 있으나 삶의 구체적 감각을 충분히 확보하고 있다. 그것은 주로 음식을 통해 드러난다. 시인의 시에는 많은 음식이 등장한다. 「국밥은 아름답다」, 「보리누름에 웅어회」, 「호박잎 강된장 쌈」, 「황홀함과 역겨움 사이」, 「죽집에서」, 「묵밥」, 「삼월 삼짇날」, 「김치찌개」 등의 시가 음식을 제재로 하고 있다. 시인은 다양한 음식을 시적 제재로 채용하여 음식에서 비롯되는 감각을 통해 인간의 관계론적 감성을 일깨우고 삶을 성찰한다. 그리고 그것은 궁극적으로 자신의 삶을 둘러싼 공동체적 관계를 지향한다.

예컨대, 「보리누름에 웅어회」를 보도록 하자. "이 사람아, 잔을 드시게/ 도다리나 광어회처럼/ 일 년 내내 맛볼 수 있는 게 아니지 않나"와 같은 진술에서 알 수 있듯이, 시인의 시에는 음식들이 자주 등장하고 음식의 맞은편에는 그의 사람들이 앉아 있다. 음식을 통해서 사람에 대한 애정이 드러나고 생에 대한 성찰도 함께 진술된다. "어여어여 한 잔 드시게/ 헌책 속의 메모 같은 흐린 사랑을 위해/ 삶의 두려움이 없었다면/ 세상에 대한 불안과 공포가 없었다면/ 깜부기와 방동사니에 된바람의 요리가 되었을까/ 오래도록 지우지 못했던 그늘/ 우리가 만들어 두고 떠났던 그늘 맛이 되었을까" 시인은 음식을 함께 나누면서 친구와의 우정을 즐기고 "오래도록 지우지 못했던" 삶의 "그늘"을 성찰하면서 치유하고 있는 것이다.

친구와 함께 국밥을 먹는 장면이 등장하는 「국밥은 아름답다」도 마찬가지다. 시인은 "나무기둥과 수박과 민들레씨는/ 둥글다/ 연어알도 사과도 동그랗다/ 사람도 그렇다/ 모가 난 삶도 있지만/ 국밥 그릇이 둥근 것처럼/ 모두의 존재 이유니까"라고 진술한다. 국밥 그릇이 둥글 듯이 모든 존재는 함께 어울리고 조화를 이루면서 살아갈 수밖에 없다는 의미 아니겠는가. 친구의 삶이 아프고 시인의 삶 역시 편치 않은 인간사 속에 있더라도 친구와의 우정을 통해서 삶의 위안과 위로를 느끼고 있다. 그리고 그것은 물

론 음식과 함께다. 이 시는 "이 사람아/ 돼지국밥 한 그릇
나누세"로 끝난다. 음식을 함께 하면서 삶의 위로와 위안
을 나누는 인간관계가 이 시의 주제가 되고 있다. 그리고
삶의 상처는 결국 사람을 통해서 치유된다는 사실을 그의
시를 통해서 다시 한번 확인할 수 있다.

저녁 밥상에 김장 김치가 올라왔다
갓 버무린 저 날것의 풋내
저건 요리가 아니라 반찬일 뿐
누구와도 어울리는 친화력의 너른 품도 아니고
밥 한술에 소주 한잔을 부르지도 않는다
메마른 그 눈썹에 시방 지리산은 눈 첩첩이겠다

묵은지 김치찌개의 곰삭은 정 나눔은 언감생심이라
고등어나 갈치조림의 새콤, 짭짤, 얼큰에 이르러
다진 마늘에 대파 썰어 넣고 한소끔 끓인다면
묵직하고 진한 식구들의 하루도 그저 따뜻할 터

묵어야만 빛이 나는 게 김치뿐이랴
고향 뒷산의 소나무도 그렇고
내가 오늘 만나고 온 그도 마찬가지라

문밖에 찬 바람 처마를 훑고 가도
뻘건 국물의 힘에 이마를 훔치면
너와 나는 얼마나 부드럽고 은은한 사람인가

그리하여 우리는 얼마나 글썽이는 사람인가

- 「묵은지」 전문

　시인은 "갓 버무린" '김장 김치'와 달리 "곰삭은" '묵은지'를 통해서 사람과 사람의 진정한 관계를 사유한다. 김장 김치와 묵은지의 대비를 통해서 "빛이 나는" 사람에 대한 성찰을 드러낸다. 김장 김치는 "누구와도 어울리는 친화력의 너른 품도 아니고/ 밥 한술에 소주 한잔을 부르"는 삶의 깊은 정도 없다. 그러나 묵은지는 고등어, 갈치조림, 다진 마늘, 대파 등을 넣고 끓인 후에는 "곰삭은 정 나눔"이 가득하여 "묵직하고 진한" 맛을 낸다. "묵어야만 빛이 나"는 것은 김치뿐만 아니라 "고향 뒷산의 소나무"와 "내가 오늘 만나고 온 그"도 마찬가지다. 오래된 고향 산천과 오래된 친구는 곰삭은 묵은지처럼 깊은 맛을 내며 삶의 위안이 되는 것이다. 묵은지 김치찌개가 추운 날씨에도 "뻘건 국물의 힘에 이마를 훔"칠 정도로 몸을 덥게 하듯이, 오랜 세월 동안 우정을 나눈 사람 역시 삶의 큰 위안이 되는 것이다. "너와 나"는 오랜 세월만큼 서로에게 "부드럽고 은은한 사람"이면서 삶의 상처를 함께 껴안은 눈물 "글썽이는 사람"인 것이다. 이 시는 삶의 상처와 위로가 '곰삭아' 이루어진 관계를 음식의 속성과 감각을 통해 효과적으로 드러내는 데 성공하고 있다.

　미국의 음식 작가 피셔(M. F. K. Fisher)는 음식을 통해 인간의 육체를 넘어선 것들과의 '영적 교감'을 나눌 수 있다고 말한다. 그에 따르면 음식을 먹는 행위는 우주의 만물들과

교통交通하는 매개적 행위다. 인간은 음식을 통해 자연의 섭리를 이해하고 생명의 신비를 충분히 이해하고 영적 교감을 나눌 수 있다. 그리고 무엇보다 음식을 나누어 먹는 행위는 자연의 섭리와 생명의 신비에 그 누군가와 함께 동참하는 것이 된다. 혼자 음식을 먹는다 하더라도 그것은 음식을 통해 스스로와 교감하는 행위가 된다.

작년 김장 김치 잘 익었네
비계 붙은 돼지고기 몇 점
숭숭 썰어 넣고
팔팔 끓여 내놓은 냄비째
밥 한 공기 뚝딱 비웠네
이마에 맺힌 땀방울 닦으며
소주잔을 들었네
소확행이 따로 있나
사는 게 좀 만만해졌네

– 「김치찌개」 전문

김치찌개는 삶의 추억과 애환이 깃든 한국인의 정서를 대표하는 동시에 삶의 고단함을 달래주는 음식이다. 화자는 김치찌개와 소주 한 잔으로 자신의 삶을 달래고 있다. "사는 게 좀 만만해졌네"라는 진술은 소박한 음식으로도 심신心身은 얼마든지 평온해질 수 있다는 사실을 함축하고 있다. 회한은 과거로부터 오고 불안은 아직 당도하지 않은 미래로부터 오지만, '현재'에만 집중한다면 인간의 삶은 얼마든지 평온해질 수 있다. 음식을 섭취하는 일은 오로지 '현재'에 집중하는 일이다. 음식을 먹는 과정에는 인간의 회한이나 불안, 그리고 욕망이 끼어들 틈이 없다. 심신의 '현재'에 집중함으로써 허기진 몸을 달래고 그리하여 마음까지 풀어주는 것이 먹는 행위다. 시인은 음식을 통해 스스로를 위로하는 모습을 보여준다. 이것은 자신의 인생뿐만 아니라 모든 인간의 삶에 대한 위로가 아닐 수 없다.

4. 무욕과 성찰

시인은 무욕의 삶을 지향한다. 무욕의 삶은 부단한 자기 성찰의 결과다. "부끄러움을 알아야 하늘이 보이고/ 부끄러움을 알아야 별을 볼 수 있다/(중략)/ 숙이고 숙여야/ 내 안의 어리석음이 보이고/ 두드리고 두드려야/ 부끄러움을 안다"(「수오지심羞惡之心을 다시 읽다」) 자기 성찰은 모든 시인의 본질적 숙명이다. 시인 역시 자기 안의 부끄러움을 항상 들여다보면서 살아온 것으로 보인다. 부끄러움은 스스로를 겸손하게 만든다. 그러므로 "여름이 가고/ 가을이 왔다/ 그냥/ 그저 그렇게/ 조용히 아무렇지도 않게/ 아무 일 없었던 듯이/ 살아지더라/ 사라지더라"(「不恥下問」)과 같은 시가 가능해진다. '불치하문'은 자기보다 못한 사람에게 묻는 것을 부끄럽게 여기지 않는다는 뜻이다. 모든 사람을 스승으로 모실 수 있다는 겸손의 자세는 자신의 욕망을 버리고 오로지 자기의 본성을 추구하고자 하는 무욕의 삶을 살 때

가능하다.

　　재색명리財色名利를 좇은 적 없지만
　　재다신약財多身弱이 부자富者의 팔자라는데
　　돈도 없고 몸도 약하니
　　하늘이 내게 또 다른 심난함을 주었구나

　　동백꿀을 빠는 동박새 날개 아래
　　통영 장사도, 거제 지심도, 여수 오동도, 강진 백련사,
고창 선운사
　　동백꽃들은 망초처럼 얼굴을 쳐들지 않고 아래로 다소
곳이 벙글어
　　필 때 이미 질 것을 알고 열매를 위해 한 몸 기꺼이 던
질 줄 안다

　　꽃 질 때 더 아름다운 저 생멸의 미학
　　　　　　　　　　　　　　　　　　－「자화상」 전문

　시인은 "돈도 없고 몸도 약"했던 자신의 삶을 반추한다.
그의 삶은 재색명리를 좇지도 않았지만, 재다신약財多身弱
한 부자의 팔자도 아니었다. 무욕에의 지향이 항상 마음의
평정을 가져다주는 것은 아니다. 세상을 살아가는 과정에
서 "심난함"이 없을 수가 없다. 하지만 시인이 주목하는 것
은 활짝 핀 꽃은 필연적으로 지고 만다는 사실이다. "필 때
이미 질 것을 알고 열매를 위해 한 몸 기꺼이 던질 줄 안

다"는 것. 자기 삶에 깃든 유한성을 직시할 때 지나친 욕망을 버릴 수 있고 궁극적으로 무욕의 경지를 지향할 수 있게 된다. 무욕의 삶 반대쪽에는 무한의 삶이 있다. 무한한 삶을 향한 욕망은 자본주의의 욕망이다. 삶을 무한히 살 수 있는가. 그것은 자연의 섭리를 거스르는 일이다. 생성 이후의 필멸은 자연의 법칙이다. 하여 시인은 다시 한번 강조한다. "꽃 질 때 더 아름다운 저 생멸의 미학". 시인이 자신의 삶을 성찰하면서 마침내 이르게 된 곳이다. 그리고 '생멸의 미학'에는 선禪의 경지가 깃든다.

세상의 어느 지평선에 해가 질 때
세상의 어느 수평선에 해가 뜬다

신이 인간에게 준 따뜻한 신탁을 안고
일창일기—槍—旗의 말린 잎
새벽안개에 잠겨 농축된 천지의 화기和氣
불기운에 비비고 덖어 빚어낸 결정체
지리산 화개 우전을 만난다

찬 샘물 길어와 푸른 빛 떠오르면
찻잎에 깃든 다신茶神을 은근히 불러내고
마른 입술을 적시면 온몸에 천향天香이 풍겨
오목 가슴의 잔주름을 오롯이 펴 준다

가히 근심의 벽을 부수는 신비

망우군忘憂君으론 근접조차 못 하리라

세상의 말이나 감탄은 군더더기일 뿐
오월의 연두 속에 앉아 오랜 벗과
신축년 해차를 달이니
나는 누구이고 여기는 어디인가

- 「화개 우전차」 부분

시인은 "세상의 어느 지평선에 해가 지"듯 사라져버린 과거를 회상하기도 하지만, "세상에 어느 수평선에 해가 뜨"는 '현재'를 살아간다. 시인의 자기 본질은 과거에만 있는 것도 아니고 현재에만 있는 것도 아니다. 그것은 과거로부터 현재까지 살아온 삶의 과정 그 자체에 존재한다. "나는 누구이고 여기는 어디인가"라는 물음은 '나'는 그 누구도 아니며, '나'가 살아온 '여기'는 그 '어디'도 아님을 암시한다. '나'와 '여기'에 대한 해답은 부정성不定性 속에서 소용돌이칠 뿐이다. 자기 삶의 본질에 대한 해답은 살아온 삶의 '과정' 그 자체에 있을 수밖에 없다. 시인은 '현재'에 머물고 있는 자아를 '과거'로까지 확장하여 한 지점에 결박당한 자아의 비좁은 경계를 소멸시킨다. 그것은 자아의 경계를 허물고 자신의 본성을 깨닫는 다선茶禪의 본질이기도 하다.

무욕을 지향해왔던 시인에게 남아있는 유일한 욕망은 시의 욕망이다. 시인은 그것마저도 버리고자 한다. "갈 때 보았던 이슬이/ 올 때는 흔적도 없다/ 다 내려놓고 맑게 걷

기로 한다/ 시의 목적은 무엇일까/ 왜 시를 쓰는 걸까/ 하
도 미심쩍은 세상이라/ 나의 지적 게으름과/ 문학적 비겁
함의 변명으로 일관된/ 몇 줄의 묘사와 서술에/ 어찌 인생
을 건단 말인가"(「시가 시시해졌다」) 시에 대한 욕망마저 내려놓
을 줄 아는 것이 시인에게 진정한 무욕의 삶이라는 깨달음
이다. 시마저 시시해져 버리고 시로부터 자유로워진 마음
이란 어떤 것일까. 시인은 "둘레길 걸으며 입을 다고 귀를
열며/ 마음의 공복空腹을 나는 새가 된다"(「유둣날」)는 문장을
남기고 있다. 시인의 언어가 시의 욕망마저 버리고 도달한
풍경이 아닐 수 없다. 그 아름다운 시인의 내면 풍경에 경
의를 표한다.

사이펀 현대시인선 20

기억은 볼 수 없어서 슬프다

© 2024 이월춘

초판인쇄 | 2024년 1월 25일
초판발행 | 2024년 1월 30일

지 은 이 | 이월춘
펴 낸 이 | 배재경
펴 낸 곳 | 도서출판 작가마을
등   록 | 제 2002-000012호
주   소 | 부산시 중구 대청로141번길 3, 501호(중앙동, 다온빌딩)
        서울시 도봉구 도당로 82방학1동, 방학사진관 3층)
        T. 051)248-4145, 2598   F. 051)248-0723   E. seepoet@hanmail.net

ISBN 979-11-5606-254-7 03810   정가 12,000원